DÉLASSEMENTS,

POÉSIES

PAR ACHILLE DES MOULIÈRES.

IMPRIMERIE ET LITHOGRAPHIE DE TIMON FRÈRES,
MONTÉE DES CAPUCINS, N° 3.

DÉLASSEMENTS,

POÉSIES

par Achille des Moulières.

A VIENNE,

CHEZ | CHEZ
GIRARD, LIBRAIRE, RUE DE LA CHAINE ; | BOURDAT, LIBRAIRE, PLACE-NEUVE.

M DCCC XLVII.

PRÉFACE.

Lis souvent ; traduis assez ; n'invente pas encore.

La lecture est le chemin qui mène à l'invention ; la traduction fortifie le style (1).

Ce n'est que lorsque la raison est mûrie par le bon goût que l'imagination , ou sombre, ou brûlante, ou insoucieuse, peut s'élancer dans le

------

(1) Si je sais quelque chose, c'est à la traduction que je le dois.　　　　　　　　　　　　Villemain.

domaine de la poésie et le remplir de ses capri-
cieuses conceptions.

Voilà ce que j'avais recueilli dans le cours de
mes études.

Et je cherchai long-temps à mettre religieuse-
ment en pratique le précepte de nos docteurs
en belles-lettres.

Je concevais que la jeunesse, à la tête vol-
canisée, se livre facilement à la fureur de pro-
duire ;

Que soit hardiesse irréfléchie, soit ignorance
involontaire, habituée au mépris des remon-
trances, ou tourmentée du désir frénétique
d'innover, elle enfreint les lois de la littérature;
qu'alors, presque toujours, la triste réalité se
montre à travers le prisme enchanteur des illu-
sions, et que d'amères déceptions succèdent à
une trop flatteuse espérance.

Mais ce que je concevais surtout, c'est que les

défauts dont ses productions sont souvent enta-
chées deviennent d'autant plus difficiles à faire
disparaître du jugement, que le temps a fortifié
leurs racines.

Cette seule considération apaisa, jusqu'à une
certaine époque, cette soif d'innovation dont la
plupart des jeunes gens sont presque toujours
atteints lorsque l'orage des passions commence
à se faire entendre.

Et j'effeuillai avec avidité tantôt les chefs-
d'œuvre de Byron, tantôt les pastorales de Gesner, ou les contes de Walter-Scott.

J'aimais Byron, cet être mystérieux, ce génie
de matérialité, pour cette harmonie sauvage,
cette ironie poignante et cette sanglante amer-
tume dont il a empreint ses hymnes.

J'aimais Gesner, le poëte allemand, pour ses
tableaux suaves comme le murmure des ruisseaux, délicieux comme la nature à son aurore.

J'aimais Walter-Scott, pour les accords qui

résultent de ses chants, accords pareils à ceux qui s'envolaient de la lyre de Thura, quand elle vibrait sous les doigts des bardes de Morven. J'aimais encore le chantre écossais pour cette analogie qui existe entre lui et la Fontaine. Walter-Scott semble croire à ses fictions avec une foi religieuse, et le père des fabulistes, non-seulement y croit, mais il pense que les animaux qu'il fait agir sont doués de l'intelligence, de la vie et de la parole.

J'avais pour ces trois poëtes, à l'*os magna sonaturum*, une admiration des plus respectueuses.

Lorsqu'un homme s'élève par la main de Dieu au-dessus des autres hommes, ne mérite-t-il pas tout notre respect? Par la vénération que nous lui vouons ne paraissons-nous pas sanctionner le choix que l'Eternel a fait de sa personne?

Je m'efforçai donc de reproduire dans notre langue les beautés sublimes de ces auteurs immortels, êtres privilégiés de la nature, qui me parlaient dans la solitude le langage de mon âme, une langue d'harmonie, d'images, de passions.

Mais comme l'art de traduire n'est pas, comme le pense le vulgaire, le plus facile de tous, puisque les autres langues ont certains avantages sur la nôtre, et réciproquement; que les finesses des langues étrangères exigent une étude particulière et approfondie (1); me trouvant d'ailleurs peu de dispositions pour l'étude

---

(1) Une des plus grandes difficultés de l'art d'écrire, et principalement des traductions, est de savoir jusqu'à quel point on peut sacrifier l'énergie à la noblesse, la correction à la facilité, la justesse rigoureuse à la mécanique du style. La raison est un juge sévère qu'il faut craindre, l'oreille un juge orgueilleux qu'il faut ménager.

Leçons de littérature.

des langues mortes et vivantes (1), et, par con-
séquent, obligé de m'en rapporter à des traductions infidèles, pour si parfaites qu'elles puissent
être, je me décourageai.

Une bonne traduction me faisait l'effet d'un
obstacle insurmontable.

Et je crois qu'il serait encore mille fois plus
facile d'obtenir une route horizontale à travers
les Alpes, que de faire une parfaite traduction
de n'importe quel ouvrage il plaira aux traduc-
teurs de choisir.

Je n'avais déjà plus le courage de me remet-

---

(1) Je me souviendrai toujours d'un professeur de littérature qui ne pouvait pas comprendre qu'on remplît de
grec et de latin la tête des jeunes gens, quand les trois
quarts des professeurs eux-mêmes ignoraient leur langue
maternelle.

tre à l'œuvre, lorsque, par bonheur, le hasard me fit tomber un livre sous la main.

Je l'ouvris et je lus :

« Tu te plains des difficultés de la traduction,
« eh! bien, imite ou reproduis la pensée de l'au-
« teur sans être esclave de ses expressions ni de
« ses tours de phrase...... »

Je méditai cette pensée : imite!

Mais encore l'imitation comporte l'invention, elle a des règles assujettissantes, et j'avais soif de liberté.

L'idée de paraphraser me vint alors, et je paraphrasai.

Ou pour mieux parler, estimable lecteur, je regardai le sujet que je me donnais comme un grand canevas, où je pouvais à mon gré, selon les phases de l'inspiration, changer, supprimer, ajouter; ne me rangeant pas du côté de ces esprits qui croient que le génie, cette source innée de joies et de tourments, se développe dans toute sa plénitude sans autre aiguillon que l'imagination de ses semblables , et la brûlante ambition de s'élever :

> L'homme n'enseigne pas ce qu'inspire le ciel:
> Le ruisseau n'apprend pas à couler dans sa pente ,
> L'aigle à fendre les airs d'une aile indépendante ,
> L'abeille à composer son miel.

> *De Lamartine (Méditations poétiques).*

Maintenant l'œuvre est-elle bonne ou mauvaise ? Voilà toute la question.

A vous le soin de la résoudre ; mais n'oubliez pas d'être indulgent.

Vienne , ce 20 juillet 1847.

IRIS ET ÉGLÉ.

IRIS ET ÉGLÉ [1].

⟡

ÉGLÉ.

Viens, Iris, descendons dans ce bois spacieux (2);
L'air est toujours brûlant, quoique l'astre des cieux
De ses derniers rayons éclaire notre sphère,
Fleurs, plantes, arbrisseaux, tout se flétrit, ma chère.

Laissons–là nos brebis ; deux limpides ruisseaux
Murmurent dans ces prés, et de leurs petits flots
Caressent mollement leurs sinueux rivages.
Allons au bord de l'eau goûter ces doux ombrages.
Viens, descendons, Iris ; allons prendre le frais ;
Je crois que dans ces lieux bientôt j'étoufferais.

IRIS.

Il faudra donc me rendre à ton impatience :
Eh ! bien, marche.. je viens.. avance... encor.. avance (3) ;
Ces rameaux verdoyants me tombent sur les yeux...

ÉGLÉ.

Que ce site est charmant !

IRIS.

Qu'il est délicieux (4) !

ÉGLÉ.

Regarde-donc, Iris, ces fleurs éblouissantes.

IRIS.

Distingues-tu ces fruits ?

ÉGLÉ.

Qu'elles sont transparentes

Ces eaux !

IRIS.

On entrevoit les plus petits cailloux.

ÉGLÉ.

Quelle fraîcheur dans l'air !

IRIS.

Quel bruit suave et doux !

ÉGLÉ.

J'en jure par les dieux, par toutes les déesses,
Je plonge dans ces flots jusqu'à mes blondes tresses.

IRIS.

Mais si l'on vient, Eglé, si l'on nous aperçoit ?

ÉGLÉ.

Ne crains rien ; nul sentier ne mène en cet endroit.
Ce pommier, dont les bras se recourbent sur l'onde,
Saurait bien détourner la course vagabonde
Du berger qui viendrait promener en ces lieux
Sa vague rêverie ou son œil curieux.
Ensuite, vois un peu : nous sommes enfermées
Sous un dôme léger de feuilles embaumées

2

Que les regards humains ne sauraient pénétrer ;
Le souffle de la brise y laisse à peine entrer
Les rayons du soleil à de longs intervalles.
Allons, viens te baigner... Pourquoi ces traits si pâles ?
Craindrais-tu que quelqu'un vînt troubler nos plaisirs ?
Peureuse , satisfais de bien justes désirs ;
Ensemble baignons-nous ; imite-moi, ma chère.

IRIS.

Ce que tu peux oser , je peux l'oser , j'espère.

— A peine eut-elle dit que , presque en même temps ,
Sur le sombre gazon coulent leurs vêtements.
Que d'appas recelait leur modeste parure !
On vit soudain flotter leur blonde chevelure ,
Et leurs tissus de lin comme au souffle amoureux
S'arrondir mollement sur leurs seins gracieux.....

Comme elles regardaient dans la forêt profonde ,
Un frisson les força de se jeter dans l'onde ;
Et le dieu des ruisseaux , orgueilleux et jaloux,

19

Avec amour baisa l'albâtre de leurs cous (5).

ÉGLÉ.

Ciel! j'éprouve un plaisir dans mon âme ravie,
Un plaisir indicible, une nouvelle vie !....
Mais dis, que ferons-nous? allons, vite, pensons...
Es-tu de mon avis de chanter des chansons?

IRIS.

Délires-tu, dis moi? veux-tu qu'on nous entende
De ce coteau voisin, et qu'un berger se rende
Dans ces lieux enchanteurs pour troubler les attraits
Qu'a pour moi cette eau pure?

ÉGLÉ.

                Au sein de ces forêts
Que redouter?..... Alors, sais-tu ce qu'il faut faire (6)?

IRIS.

Ma foi, non, pas encor.... Le sais-tu?

ÉGLÉ.

                Je l'espère.

IRIS.

Voyons, que ferons-nous?

ÉGLÉ.

Si cela te convient,
Nous allons commencer quelque doux entretien :
Tu vas me raconter une histoire.

IRIS.

Une histoire !

ÉGLÉ.

Une histoire d'amour, quelque douce victoire
Sur celui que tu viens d'enchaîner à jamais.
Dis, puis je conterai.

IRIS.

J'en sais bien une... mais...

ÉGLÉ.

Tu me supposes donc beaucoup de bavardage.
Que tu me connais peu ! Crois que ce vert feuillage
Sera, sans me flatter, bien moins discret que moi.
Je peux te l'assurer !

IRIS.

Eh ! bien, va, je te croi.
Deux lunes ont passé ; j'étais sur la colline,

Celle où fuit le soleil... un rocher la domine...

Pensive, je menais mes timides agneaux

Dans ce pré que le fleuve arrose de ses eaux.

Un joli cerisier élève là sa tête

Que n'a pu renverser l'effort de la tempête ;

Tu sais que ses rameaux en sont grands et touffus.

Tandis que je passais... Mais je n'y pense plus ;

Ne suis-je pas, Eglé, folle et bien insensée

De vouloir te conter ma plus chère pensée ?

ÉGLÉ.

Que crains-tu donc ? poursuis ; apprends-moi ton bonheur ;

Ne te dirais-je pas le secret de mon cœur ?

IRIS.

Enfin ; j'allais, l'esprit tout rempli de chimères,

Quand j'entendis soudain une voix des plus claires

Qui m'aient jamais ravie. Elle chantait un air,

Mais un air bien plus doux que le plus doux concert

De l'oiseau qui gémit dans la nuit qui l'écoute.

Pleine d'étonnement, je suspendis ma route ;

Je regardai le lieu d'où me venait la voix,

Et je me trouvai seule au milieu du grand bois.

— Mes regards curieux ne découvrant personne ,

Je poursuis mon chemin... La même voix résonne ;

J'écoute... mais en vain : bois , rochers , tout se tait !...

J'avance et me voilà sous la voix qui me plaît :

Du cerisier touffu je ressentais l'ombrage ,

Et le berger blotti respectait mon passage.

Je l'ignorais caché dans cet arbre aux cent bras.

Quant à ce qu'il disait tu ne le sauras pas ;

Je n'ai rien oublié de ses chants solitaires.

ÉGLÉ.

Sous cette ombre amoureuse on n'a point de mystères ;

Et les filles , Iris , au bain se disent tout.

IRIS.

J'en conviens ; mais aussi tu me pousses à bout

De charmer mon esprit de flatteuses louanges

Qui , je n'en doute pas , te paraîtront étranges...

Légère pause. — Sur un geste d'Églé
Iris continue :

On sait que les bergers exagèrent toujours

Lorsqu'ils veulent louer l'objet de leurs amours.
A peine je me vis au bas de la colline ,
Celle où fuit le soleil , qu'un gros rocher domine...
Mais je sens la rougeur me monter jusqu'au front...
Eh! qu'importe , après tout : je descendais le mont ,
Quand la voix du berger , aux paroles mielleuses ,
Murmura tendrement ces louanges flatteuses :

« Quelle est cette beauté qui vient changer mon sort (7) !
« Que son aspect riant me cause un vif transport !
« Quel gracieux corset!... Quelle taille élégante !
« Zéphyrs , qui vous jouez dans sa robe flottante,
« Qui faites ondoyer ses doux et blonds cheveux,
« Puissiez-vous enivrer cette enfant de mes feux.
« Est-ce une fleur du ciel? Dieux puissants! qu'elle est belle!
« Ah! comme la candeur sur son front étincelle !

« Comme le lys, le thym , ces fleurs aux vifs éclats ,
« Se courbent mollement sous ses pieds délicats !
« Comme le frais bluet, comme la campanelle

« S'inclinent pour baiser les pieds de cette belle !

« — Je cueillirai ces fleurs que tes pas font plier ;

« En couronnes soudain je veux les marier :

« L'une ceindra mon front comme un beau diadème ;

« Je consacrerai l'autre à l'Amour qui nous aime.

—

« De quel air ses beaux yeux parcourent ce séjour !

« Je ne suis pas, Iris, un vorace vautour,

« Et mes chants ne sont pas de funestes présages.

« Que crains-tu ? Pourquoi fuir l'ombre de ces bocages ?

« — Que ne puis-je former, pour arrêter ses pas,

« Des sons plus doux que ceux qui ne lui plaisent pas !

« Oh ! le ravissement que sa beauté m'inspire !

« Le langage des dieux pourrait seul le lui dire !...

—

« — Pourquoi ne sont-ils pas aussi mélodieux

« Que ceux du rossignol, aussi délicieux

« Que les chants du ramier, ou ceux de la fauvette,

« Ces amoureux accords que ma langue répète ?

« N'as-tu pas les attraits d'une fille du ciel ?

« Ta voix n'est-elle pas plus douce que le miel?

« Ta beauté póur mon cœur a-t-elle moins de charmes

« Que pour l'oiseau des bois la nuit avec ses larmes ?

—

« Que crains-tu? ralentis, ralentis donc tes pas.

« Ne blessez point ses pieds, ne la déchirez pas,

« O sauvages rosiers; détournez vos épines !

« Mais que je voudrais voir, tandis que tu chemines ,

« Aux ronces s'accrocher ces chastes vêtements ,

« Afin de t'obliger à rester plus d'instants.

« Ah ! zéphirs, c'en est fait... elle vole trop vite ,

« Vous vous opposeriez vainement à sa fuite.

—

« Adieu , charmante enfant, au cœur vide d'amour ,

« Adieu ; mais reste encore en ce riant séjour.

« Ne crains rien, vois: l'Amour m'a chargé de ses chaînes;

« Reste un peu, ta présence enchantera mes peines...

« La cruelle s'en va plus vite que le vent !....

« On dirait un éclair qui ne luit qu'un moment,

« Comme s'il avait peur des profondes ténèbres
« Dont l'orage et la mort voilent leurs fronts funèbres.

—

« Ecoute : à tes volets je viendrai, cette nuit,
« Attacher ce panier tout rempli de ce fruit;
« Si tu veux accepter cet amoureux hommage,
« Je suis le plus heureux des bergers du village.
« Tu fuis, et ces rameaux, de leurs voiles blafards,
« Vont dans peu te ravir à mes brûlants regards...
« Je vois encore un pli de ta robe... et peut-être...
« Mais ton ombre à mes yeux finit par disparaître. »

—

C'est ainsi que chanta cet aimable berger,
Et moi, baissant les yeux, je passais le verger;
Parfois je les tenais attachés au bocage.
Mais hélas! Il était trop épais son feuillage....
Je ne distinguais rien que des bois ou des fleurs (8),
Des fruits ou des rochers variant leurs couleurs,
Des légions d'oiseaux se croisant dans l'espace
Ou des nuages d'or ondoyant avec grâce (9);

Rien ne pouvait combler ma curiosité :

J'aurais voulu me faire une divinité,

J'aurais voulu sentir les fleurs de sa jeune âme,

Afin que, dans la nuit, mille rêves de flamme

Eussent bercé mon front par la crainte abîmé ;

Enfin, j'aurais voulu qu'il fût sûr d'être aimé.

Quand je désespérai de voir cette âme heureuse

Je ne fus plus la même ; et, pensive et rêveuse,

On me revit asseoir au foyer paternel.

Oh ! que le jour fut long !... je le crus éternel !..

Je demandais le soir, et la nuit, et ses voiles,

Le ciel et son azur, et ses blanches étoiles,

Et le soleil dorait de ses feux éclatants

La forêt des palmiers aux panaches flottants.

Enfin l'ombre à longs flots descendit des montagnes,

Les pâtres en chantant désertaient les campagnes,

Et les taureaux tardifs, d'un pas tranquille et lourd,

Traînaient leurs chariots aux derniers feux du jour.

Un silence profond régnait dans la nature ;

On entendait parfois quelque léger murmure :

Parfois c'était la brise, ou les bois, ou les flots,

Ou la mère invitant son enfant au repos.
Et l'heure s'approchait, cette heure désirée
Où j'allais contempler son image adorée.
Juge un peu, bonne Eglé, si je pus m'endormir ;
Je rêvai du berger et de mon avenir :
Je me le figurais avec son front d'ivoire,
Avec son beau regard, sa chevelure noire,
Avec son doux sourire et ses traits délicats,
Enfin tel que l'Amour le jeta sur mes pas.

—

La nuit enveloppait depuis longtemps la terre,
J'étais bien loin encor de fermer ma paupière,
J'écoutais le silence... et puis je regardais.
Il me semblait toujours qu'en vain je l'attendais,
Quand je vis une main, que je crus reconnaître,
Attacher le panier aux clous de ma fenêtre ;
Et la lune, brillant d'une douce clarté,
Me montra d'un berger la pudique beauté.

Je rougis, et mon cœur tressaillant d'allégresse,
Pour ce jeune Adonis palpita de tendresse ;
Et, soit timidité, soit crainte, j'eus le soin

D'imiter le sommeil... mais quand je le crus loin,

Craignant que ce ne fût illusion ou rêve,

Palpitante de joie aussitôt je me lève;

Je vais, à petit bruit, aux volets... je cherchai...

Et d'une main tremblante enfin j'en détachai

Un superbe panier tout rempli de cerises.

J'en goûte; elles étaient fraîches comme ces brises

Qui glissent sur les fleurs au lever du soleil.

On y voyait briller quelque bouton vermeil;

Et le myrte amoureux, et la rose sauvage

Y mêlaient leur parfum et leur sombre feuillage.

Oh! mais quant au panier, qu'il était bien tressé (10)!

Chaque flexible osier se trouvait nuancé

Avec un art exquis, et, dans ses broderies,

On y voyait Minerve et les Grâces unies,

La blonde Pénélope et ses futurs époux,

Et la belle Vénus et Mars à ses genoux;

Et sur le couvert bleu, surmonté par une anse,

Etaient brodés l'Amour, la Vie et l'Espérance.

Mais le nom du berger, tu voudrais le savoir?

Ta curiosité doit en perdre l'espoir.

ÉGLÉ.

Te demander son nom c'est être curieuse !
En parut-il jamais de plus mystérieuse?
En vain tu cacherais le nom de ton amant....
Je le sais.

IRIS.

Qui... toi ?...

ÉGLÉ.

Moi.

IRIS.

Non pas... certainement.
Je gagerais cent bœufs contre un agneau, ma chère.

ÉGLÉ.

Tais-toi, car tu perdrais.

IRIS.

Qui donc est-ce?

ÉGLÉ.

Mon frère.

IRIS.

Ton frère... ah !...

ÉGLÉ.

Lycidas... lui-même. Ce panier,
Dont son habile main avait tressé l'osier,
M'explique ses regards jetés sur vos prairies,
Ces chiffres enlacés, ses longues rêveries...
Tu te troubles. En vain tu me nierais le fait,
Mes soupçons ont produit un trop parlant effet.
L'agréable rougeur sur ta figure éclose,
Pareille à l'incarnat de ce bouton de rose,
Te couvre, de ce sein aux gracieux contours,
Jusqu'à ces blonds cheveux bouclés par les Amours.
Regarde-toi dans l'onde... Eh! bien, suis-je étrangère
Aux soupirs de ton cœur? Aime toujours mon frère;
Lycidas peut t'apprendre à goûter le bonheur;
Pour moi je te chéris déjà comme une sœur.

IRIS.

T'aurais-je fait, Eglé, pareille confidence
Si je ne l'aimais pas?

ÉGLÉ.

Pour que ta confiance
Te calme un peu, je vais te conter de mon mieux

Un de ces souvenirs qui sont si précieux.

L'an dernier au dieu Pan, offrant un sacrifice,

Mon père convia Ménalque et Polymnice

Qui vint accompagné de son jeune Daphnis.

C'était d'après mon cœur le plus beau de ses fils.

Pendant le sacrifice il joua de deux flûtes.

Tu sais fort bien, Iris, que dans ces douces luttes

Nul berger avec lui n'ose tenter le sort.

Les juges l'ont toujours reconnu le plus fort

Pour cette expression, unie à la noblesse.

Il t'eût fallu le voir avec quelle souplesse

Il remuait ses doigts sur ses deux chalumeaux ;

Sans doute tu l'eûs pris pour le Dieu de Délos.

Oh ! que j'aimais à voir sa noire chevelure

En boucles caresser sa divine figure,

Vierge encor des couleurs de quelque rêve d'or.

Dès que je l'aperçus, cédant à mon transport,

J'idolâtrai soudain la plus belle des âmes.

Le sacrifice fait, tous les cinq nous allâmes....

On entend un bruit de feuilles.

Mais écoute..........

ÉGLÉ.

Mais qu'est-ce donc?...

IRIS.

Quel est ce bruit dans la forêt?...

ÉGLÉ.

Oh! si c'était quelqu'un!..

IRIS.

Si l'on nous surprenait.

ÉGLÉ.

Ecoutons...

IRIS.

On approche.

ÉGLÉ.

Iris, fuyons bien vite !

IRIS.

Nymphes, secourez-nous !

ÉGLÉ.

Dérobez notre fuite !

IRIS.

Cachons-nous dans la grotte.

ÉGLÉ.

Allons...

IRIS.

Les vêtements.

ÉGLÉ.

Le bruit est là !

IRIS.

C'est lui !

ÉGLÉ.

C'est lui...

Une voix.

Nos deux amants (10) !...

Ainsi que deux agneaux broutant dans les prairies ,
A l'approche du loup vont au prochain réduit ;

Ainsi que dans les airs deux colombes amies
Précipitent leur vol quand l'aigle les poursuit ;
Ainsi sortent du bain nos blanches pastourelles ,
Fraîches comme la fleur qu'Aurore va dorer;
Et ce n'était qu'un faon , aussi timide qu'elles ,
Qui venait au ruisseau pour se désaltérer.

NOTES D'IRIS ET ÉGLÉ.

NOTES

D'IRIS ET ÉGLÉ.

—

NOTE PREMIÈRE.

IRIS ET ÉGLÉ (1).

Dans la préface j'aurais dû avertir le lecteur que les trois poëmes qui composent ce petit volume sont extraits des idylles du célèbre Gesner, imprimeur-libraire à Zurich, qualité qui, comme on le sait par l'exemple des

Etienne, ne déroge pas à celle d'érudit et de bon écrivain.

NOTE DEUXIÈME.

Viens, Iris; descendons dans ce bois spacieux (2).

Je crois qu'on peut se permettre toute addition qui ne bronche pas contre les règles de la poésie pastorale ; néanmoins, je ferai remarquer tous les passages qui, n'étant pas dans l'auteur, pourraient défigurer, ou désapprécier une si belle production.

NOTE TROISIÈME.

Avance.. encore... avance (3).

Des trois poëmes, celui-ci ressemble le plus à son original. Au reste, c'eût été un caprice bizarre, pour ne pas dire blâmable, si j'eusse fait subir des changements à cette poésie. Le plan en est si régulier, l'intérêt si attrayant et le dénouement si étrange !

—

NOTE QUATRIÈME.

ÉGLÉ.

Que ce site est charmant !

IRIS.

Qu'il est délicieux (4) !

Si j'ai dialogué ce passage, c'est pour montrer qu'Iris, toute rêveuse qu'elle doit être, n'est pas indifférente aux beautés de la nature. Puis, de cette manière, il me semble qu'il y a plus d'animation dans le récit, plus d'entraînement de la part d'Églé, pour déterminer sa compagne à se baigner. Néanmoins, le poëte-libraire ne me paraît pas avoir fait preuve de mauvais goût en laissant Iris toute rêveuse;... L'amour est si préoccupé dans une tête de seize ans !

NOTE CINQUIÈME.

Et le dieu des ruisseaux, orgueilleux et jaloux,
Avec amour baisa l'albâtre de leurs cous (5).

Il semble que le poëte allemand ait voulu laver la tache déshonorante qui salissait le front de sa patrie (*). Ses idylles sont d'une naïveté simple, spirituelle, ingénue sans grandeur ; d'un naturel noble et sublime sans faste. Il n'est pas de ces esprits médiocres qui se contentent de peindre les mœurs et le caractère d'un berger ; il nous déroule le tableau de la vie champêtre avec toutes ses joies, avec tout son bonheur, avec toute son innocence. En le lisant on croit respirer le parfum de la marguerite, du thym, du serpolet ; on croit ouïr le concert des mille voix de la nature : oiseaux, gazons, brises, ruisseaux, tout soupire, tout y chante, tout y murmure une indicible mélodie ; et ce qui n'est pas facile d'atteindre au parfait, c'est ce goût avec lequel il distribue ses rôles ; car la connaissance des bergers est d'une harmonie parfaite avec leur position.

(*) On disait que la poésie ne brillerait jamais sous le ciel nébuleux de l'Allemagne.

Tels sont les motifs qui, pour le genre pastoral, m'ont fait préférer Gesner à tout autre poëte étranger.

—

NOTE SIXIÈME.

ÉGLÉ.

Alors, sais-tu ce qu'il faut faire (6)?

Si j'ai fait interrompre Églé qui aurait dû poursuivre par ce vers :

Tu vas me raconter quelque petite histoire.

J'ai cru personnifier l'incertitude et la timidité d'Iris, qui est sur le point de confier à Églé ses plus douces pensées, et semble craindre en même temps que sa compagne ne soit instruite de la conduite de son frère. Ce qui confirme mon opinion, c'est que le poëte allemand lui fait dire qu'elle en sait une.... Mais... elle n'ose la lui raconter; elle craint une indiscrétion de sa part; elle peut douter... Que sais-je? Cette réticence, toute naturelle,

est pleine de beautés; aussi ai-je fait en sorte de la reproduire.

NOTE SEPTIÈME.

Quelle est cette beauté qui doit changer mon sort (7) ?

Ignorant si Gesner a mis ce chant sous la forme d'un
récitatif, ou s'il la revêtu de couplets, je me suis déterminé à le diviser en strophes , quoique la première
manière m'eût paru plus convenable, en ce que ni la
chanson, ni la romance ne peuvent trouver place dans
cette idylle.

Le caractère de la chanson devant respirer les plaisirs ,
les fêtes ; réprimer des abus par des pensées vives, ingé-
nieuses et piquantes ; ou provoquer ce rire de la joie,
cette gaité, enfant d'une coupe remplie de vin, qui aurait
fait une chanson de ces paroles amoureuses, mélancoli-
ques, de ce sentiment si suave, si tendre qui ne convient
qu'à la romance. Ce serait, je crois, faire preuve de bien peu
de goût comme celui qui range dans la classe de la chanson
les adieux de Marie Stuart à la France. Ce serait faire

chanter à Millevoie ; ou à **M.** de Lamartine : *c'est le vin,
le vin, etc....*

La romance encore ne peut être mêlée à cette idylle ,
parce que Henri IV n'a pu donner un Napoléon au
pauvre qui lui tendait la main. D'après Berquin , la romance aurait été inventée sous le règne de Charlemagne ,
époque où Rome, Athènes et presque toute l'Europe com-
mençait à retentir de voix apostoliques. En supposant qu'il
y eût encore des bergers païens , quel aurait pu être leur
sort quand le sang des martyrs fumait encore ?

On pourrait objecter que , cédant aux douces inspira-
tions que lui procurait le tableau de la vie champêtre , le
poëte allemand ait voulu peindre son époque ; j'en conviens ; mais alors il n'aurait pas dû nous donner une Églé
qui a sacrifié aux Dieux ; car si elle eût été chrétienne, elle
eût été bien plus belle , et la romance eût pu trouver
place dans ce chant pastoral.

———

NOTE HUITIÈME.

Je ne distinguai rien que des bois ou des fleurs (8).

La traduction que j'ai suivie, et qui, d'après **M.** Sauger-
Préneuf, est bien fidèle, s'exprime ainsi :

« Ainsi chanta le berger, les yeux baissés, je suivis le
« sentier ; cependant je jetai un regard dérobé sur la cime
« de l'arbre ; mais son feuillage était si épais que je n'y
« découvris personne. Devine, Églé, si je m'endormis
« dès qu'il fut nuit? J'aperçus bientôt un jeune berger
« attacher un panier à la grille de ma fenêtre ; car la lune
« qui brillait de la plus vive clarté réfléchissait son ombre
« sur ma couche. Je rougis ; mon cœur palpita.... Mais
« lorsque le jeune berger se fut retiré... Ne fallait-il pas
« m'assurer si ce n'était pas un songe ?.... Je m'approchai
« doucement de la fenêtre, et détachai, en tremblant, le
« petit panier. Il était plein des plus belles cerises. Jamais
« je n'en mangeai de si douces. On y avait mêlé des bou-
« tons de roses et des feuilles de myrtes. Oui, chère
« Églé.. Mais quel était ce berger? C'est ce que ta curiosité
« ne saura pas encore. »

NOTE NEUVIÈME.

Ou des nuages d'or ondoyant avec grâce (9).

On lit dans les *Quatre âges*, de Charles Pougens, tableau
de l'automne :

« Une teinte pourprée s'étendait sur l'horizon. Des nua-
« ges couleur d'ambre flottaient *avec grâce*, et parais-
« saient disposés à se grouper vers un centre commun. »

NOTE DIXIÈME.

Oh! mais quant au panier, qu'il était bien tressé (10)!

On trouve dans la troisième églogue de Virgile :

Verùm id quod multe tuto ipse fatebere majus,
Insanire libet quoniam tibi , pocula ponam
Fagina, cœlatum divini opus, Alcimedontis ,
Lenta quibus torno facili superaddita vitis.
Diffusos hedera vestit pallente corymbos.
In medio duo signa, Conon ; et..... Quis fuit alter
Descripsit radio totum qui gentibus orbem ,
Tempora quæ messor , quæ curvus aratro haberet
Necdum illis labra admovi, sed condita servo.

« Mais puisqu'il te plait de faire une folie , je déposerai
« deux coupes, chef-d'œuvre de sculpture de l'immortel
« Alcimédon. Et tu conviendras que mon gage est bien
« plus précieux. Son léger ciseau y grava une vigne

« dont les souples rameaux embrassent les grappes
« d'un lierre blanc, jetées çà et là. On y voit au milieu
« deux figures : Conon et l'autre...... Celui qui a décrit
« l'univers entier avec un compas, et marqué aux nations
« les temps de la moisson et du labour. Je ne les ai pas en-
« core approchées de mes lèvres, je les garde soigneuse-
« ment. »

Je crois que cette description pouvait très-bien trouver place dans cette idylle. Puis fallait-il donner à comprendre à Églé que ce panier était l'ouvrage de son frère, aussi convenait-il de le lui décrire? Je m'étonne que Gesner ne se soit pas amusé à imiter Virgile.

NOTE ONZIÈME.

Si l'on nous surprenait (9).

On entend un bruit... Ce bruit prend peu à peu une certaine consistance qui effraie les deux baigneuses au point de les faire sortir du bain et courir à leurs vêtements. Il fallait donc peindre la crainte et l'empressement pour ne

pas faire preuve de mauvais goût ; et pensant que des hé-
mistiches rendraient bien ce morceau, je crois qu'on ne
me blâmera pas d'avoir secoué le joug de l'auteur ; car la
crainte, le trouble, l'égarement sont tels qu'on ne peut
savoir laquelle des deux bergères croit voir leurs amants
indiscrets.

DAMON ET PHILIS.

IDYLLE.

—

DAMON ET PHILIS.

DAMON.

J'ai vu vingt fois la terre avec de belles fleurs (1),
Avec de verts gazons et de fraîches couleurs ,
Mais ! par le dieu des champs , je ne crois pas encore
Avoir vu se lever une plus belle aurore.

Sais-tu pourquoi le ciel ne fut jamais si beau?...
— C'est que près de Philis je garde mon troupeau.

PHILIS.

Et moi , Damon , j'ai vu , ces dernières semaines ,
Seize printemps avec leurs tièdes haleines ;
Eh ! bien , encore aucun n'avait agi sur moi
Aussi suavement....
       — En sais-tu le pourquoi?

Et soudain, sur son cœur, les bras de la bergère
Donnèrent au berger une étreinte légère.

DAMON.

Objet de tous mes vœux , vois comme les rameaux
De ce bocage obscur dessinent des berceaux
Près de cette fontaine, à l'onde fraîche et pure,
Dont on entend d'ici le suave murmure.
Sur son gazon épais allons-nous reposer?..
Veux-tu ?

PHILIS.

Penserais-tu que je peux refuser?

Tu sais que , séparés , ma joie est bien petite.

Sens comme de plaisir mon cœur bat et palpite

Quand je peux avec toi causer de notre amour !

Après une légère indiscrétion

de son amant.

— Le soleil de la terre a fait deux fois le tour (2)

Depuis que je t'ai vu dans le séjour de Flore ;

Songes-y bien , Damon..

DAMON.

Je t'aime !... je t'adore !

PHILIS.

Modère tes transports.

DAMON.

Inhumaine !... assieds-toi

Sur ces touffes de trèfle... ici... plus près de moi...

Ah ! que ne puis-je voir sans cesse ton sourire ,

Et respirer l'air pur que ta bouche respire !

Que ne puis-je toujours me mirer dans tes yeux ,

Et contempler ces traits si fins , si gracieux !...

Ne me regarde pas ainsi, je t'en supplie...

Il dit, et tout-à-coup , comme atteint de folie,
Il ferme doucement les yeux de sa beauté.

DAMON.

Je ne sais ce que j'ai, ma chère ; en vérité,
Lorsqu'avec ton regard , lorsqu'avec ton sourire
Tu rencontres mes yeux , je frémis , je soupire ;
Je ne peux plus parler.

PHILIS.

Allons, cesse d'avoir
Cette main sur mes yeux ; tu m'empêches d'y voir.
— Je ne dois que trop tôt souffrir de ton absence ;
Que ne me laisses-tu jouir de ta présence ?
Les instants sont si courts quand on tient le bonheur !

DAMON.

Tu n'as que trop raison, ô chéri de mon cœur !

PHILIS.

Beau Damon , quand ta main se trouve dans la mienne,

Mon agitation est semblable à la tienne ;
De mon cœur aussitôt je sens le battement,
Et dans un vague heureux, un doux tressaillement
Que je ne comprends pas...

DAMON.

Vois-tu ces tourterelles (3)
Sur ce frêle alizier entrelaçant leurs ailes !

PHILIS.

Oui, je les aperçois.

DAMON.

Les entends-tu gémir ?
Ah ! comme de bonheur leurs corps doivent frémir !
Ecoute...

PHILIS.

Les échos fidèlement répètent
Leurs longs roucoulements...

DAMON.

Comme elles se becquètent
Leurs têtes et leurs yeux, et leurs cous délicats !
Viens, ma chère Philis ; entrelaçons nos bras ;

Imitons dans leurs jeux ces blanches tourterelles ;
Approche-toi de moi; faisons , faisons comme elles.
Sur nos cous , sur nos yeux, objets de mes pensers ,
Déposons tendrement le feu de nos baisers...

PHILIS.

Mets ton cœur sur mon cœur , ta bouche sur ma bouche...

. . . .

. . . .

DAMON.

Je me crois dans le ciel lorsque ta main me touche ;
Juge donc si ce jeu m'a paru doux ainsi ,
O reine de mon cœur !
                         — Oh ! mille fois merci ,
Merci , couple charmant, qui nous faisiez envie !
Que jamais le vautour ne vous ôte la vie.

PHILIS.

Oui, ce jeu-là , Damon , est si délicieux
Qu'il a dû faire envie aux habitants des cieux.
— Grand merci , grand merci , gentilles tourterelles ;
Gémissez tendrement ; entrelacez vos ailes;

Roucoulez vos amours ; volez sur mes genoux ;
Venez, oiseaux charmants , demeurer avec nous.
Soir et matin j'irai sur nos monts, dans nos plaines ,
Faire le meilleur choix de nos meilleures graines ;
Et, lorsque vous verrez Damon me caresser ,
Sur mes genoux aussi vous pourrez vous baiser.

DAMON.

Tourterelles, venez ; sur nous volez de suite....

PHILIS.

— Elles ne viennent point... Elles prennent la fuite...

(Un moment de silence).

DAMON.

A propos, Corydon dernièrement chantait
Le charme des baisers ; voici comme il disait :

—

« Pour la bergère gracieuse ,
« Quand le soleil darde ses feux,

« Une ombre est moins délicieuse

« Qu'un baiser pour des amoureux.

—

« D'une eau bien fraîche et bien limpide,

« Au milieu des sables brûlants.

« Le voyageur est moins avide

« Que de baisers les vrais amants.

—

« Au roi déchu quelque couronne,

« Le terre au pauvre naufragé,

« Au mendiant la riche aumône,

« L'espoir au cœur découragé,

—

« Le pardon aux âmes coupables,

« Au rêveur les plus doux pensers

« Sont et seront moins agréables

« Qu'à des amants de longs baisers.

—

« Jeunes amants, jeunes amantes,

« Dans le silence de la nuit,

« Tombé de vos lèvres brûlantes

« Avez-vous écouté le bruit ?

—

« Des brises les soupirs magiques,

« Le gazouillement des ruisseaux ,

« Les plus ravissantes musiques

« Et le concert de mille oiseaux,

—

« La belle voix d'une syrène ,

« L'entretien de jeunes époux,

« Et tout ce que l'oreille humaine

« Pourrait entendre de plus doux;

—

« Rien, d'un baiser, ô ma compagne,

« Ne peut égaler la douceur;

« Car le doux bruit qui l'accompagne

« Possède un charme inspirateur.

—

Comment le trouves-tu ce chant (4)?

PHILIS.

Quelle harmonie !

Oh ! comme c'est bien dit !

DAMON.

Quel talent !

PHILIS.

Quel génie !

DAMON.

Et l'on peut ajouter : quel être bienheureux !
Car tout lui réussit au-delà de ses vœux.

PHILIS.

Vraiment?

DAMON.

Après avoir fait résonner sá lyre ,
N'a-t-il pas de l'amour connu tout le délire ?

PHILIS.

Se peut-il que d' Iris il possède la main ?

DAMON.

Mais c'est ce que Lucas m'apprit le lendemain.

PHILIS.

Et son père, Damon , qui s'était mis en tête
De ne la marier qu'au malheureux Damète.
Qui donc l'a fait changer ?

DAMON.

Le petit Cupidon.
Tu ne sais pas pourquoi ?

PHILIS.

Parce qué Corydon
Lui dédia des vers?....

DAMON

Après un geste affirmatif.

Et comme cet hommage
D'un cœur brûlant d'amour était le témoignage,
Le fils de la déesse aux attraits radieux
En faveur du berger a fait voter les dieux.

PHILIS.

Daigne, ô fils de Vénus, exaucer nos prières;
A nos projets d'hymen fais consentir nos mères;

Fais que sur ton autel brûle notre flambeau ,

Et je t'immole alors le roi de mon troupeau.

DAMON.

Et moi, dieu des amants, je t'offre en sacrifice ,

Avec mes deux agneaux, ma plus grasse génisse ;

Et je fais élever un temple en ton honneur ,

Si je peux de Philis partager le bonheur.

—

Ils n'eurent pas plutôt émis ce vœu d'usage (5),

Qu'un bruit flatteur se fit dans le sombre feuillage.

Le front épanoui, des flots de villageois

S'avançaient aux accords des flûtes, des hautbois.

—

Tous étaient revêtus de leurs habits de fêtes:

Les bergères de fleurs avaient paré leurs têtes,

Et les bergers malins s'étaient bariolés
Des superbes rubans qu'ils leur avaient volés.

—

Un enfant les guidait. Sa chevelure blonde
Laissait voir, en flottant, le plus beau cou du monde ;
Sur sa bouche les ris, le plaisir dans ses yeux,
Tout annonçait qu'en lui coulait le sang des dieux ;
Et, malgré que d'un arc sa main ne fût parée,
Sous ses traits on voyait le fils de Cythérée (6).

—

Du sommet de l'Olympe il avait, des amants,
Par sa toute-puissance, entendu les serments ;
Et comme leurs souhaits étaient purs et sincères,
Et qu'au dieu des bergers leurs âmes semblaient chères,
Fier d'avoir ces enfants sous sa protection,
Avec pompe il voulait bénir leur union.

Quand il eut entouré ses jeunes prosélytes
De ses mille bergers, gracieux satellites :
« Jeunes enfants, dit-il, le ciel daigne toujours

Jeter un œil aimant sur de chastes amours.

Oui, vous serez unis; voyez qui vous l'assure :

Et se dépouillant de son enveloppe
mortelle.

Le fils de la déesse à la belle ceinture.

Il se fit aussitôt un grand étonnement ;

Et, comme les bergers baissaient profondément

Leurs fronts respectueux devant le couple aimable,

Un miracle avait lieu : superbe, inimitable,

Se dressait un autel ; et Damon et Philis

Ecoutèrent ces mots, muets et recueillis :

—

« Au nom de Jupiter, le maître de la terre,

De l'enfer et des flots, des vents et du tonnerre,

Enfants, soyez bénis, et que des jours heureux

Ne vous permettent point de faire d'autres vœux. »

—

Ainsi parla, dit-on, le fils de Cythérée,

Que sa mère attendait dans le ciel empyrée.

Et déployant après ses grandes ailes d'or,
On le vit vers le ciel diriger son essor.

Et le chœur des bergers, et le chœur des bergères,
Mêlant ses voix aux chants des flûtes bocagères,
Sous le toit conjugal ramenèrent soudain
Les époux enchantés de leur nouveau destin.

NOTES DE DAMON ET PHILIS.

NOTES

DE

DAMON ET PHILIS.

NOTE PREMIÈRE.

DAMON ET PHILIS.

J'ai vu vingt fois la terre avec de belles fleurs (1).

Ce poëme et le suivant sont plutôt une imitation qu'une paraphrase des deux idylles de Gesner.

Afin que le lecteur puisse apprécier par lui-même le

peu de mérite que peut avoir cette mise en vers, je vais textuellement et en entier placer sous ses yeux l'œuvre du chantre de Zurich ; de la sorte il lui sera facile d'émettre son jugement dès qu'il pourra se reposer sur un point de comparaison.

DAMON ET PHILIS.

DAMON.

J'ai déjà vu seize printemps ; mais, ma chère Philis, je n'en ai point encore vu d'aussi beau que celui-ci. Sais-tu pourquoi ?... C'est que je garde mon troupeau près de toi.

PHILIS.

Et moi, j'ai vu à présent treize printemps. Ah ! mon cher Damon ! aucun, non, aucun ne m'a encore paru aussi beau que celui-ci. Sais-tu pourquoi ? Et sans attendre sa réponse, elle le serra en soupirant contre sa poitrine.

DAMON.

Vois-tu, Philis, comme les arbres de ce bocage touffu se cintrent en berceau près de cette écluse ? Entends-tu murmurer cette fontaine? Allons nous y reposer sur l'herbe épaisse, et....

PHILIS.

Volontiers, mon cher Damon ; car je ne suis gaie qu'auprès de toi : vois-tu comme mon sein palpite de joie ? Car... songes-y bien, il y a cinq heures tout entières que je ne t'ai vu.

DAMON.

Assieds-toi, ma chère Philis, assieds-toi ici sur le trèfle. Oh! que ne puis-je voir sans cesse ton sourire et tes yeux! Non, ne me regarde pas ainsi, dit-il, et il ferma doucement les yeux de la jeune bergère; oui, en vérité, quand ton regard avec ce sourire rencontre mes yeux, je ne sais ce qui m'arrive; je frémis, je soupire, et je ne puis parler.

PHILIS.

Ote, Damon, ôte ta main de dessus mes yeux; quand ta main presse la mienne, j'éprouve la même chose, je sens une agitation intérieure à laquelle je ne comprends rien, et le cœur me bat.

DAMON.

Vois-tu, Philis, vois-tu là-bas, sur cet arbre, ces deux colombes? Regarde, regarde comme elles entrelacent ami-
calement leurs ailes. Ecoute comme elles gémissent tendrement. Ah! ah! les voilà qui se becquètent l'une à l'autre leurs cous nuancés, et leurs têtes mignonnes et leurs
petits yeux. Viens, Philis, viens, entrelaçons nos bras
comme elles entrelacent leurs ailes. Tends-moi ton cou
et tes yeux, afin que je puisse aussi te becqueter.

PHILIS.

Mets tes lèvres contre les miennes, et puis nous nous
becquèterons l'un et l'autre.

DAMON.

Ah! Philis! ah que ce jeu est doux! grand-merci,
grand-merci, charmantes colombes; que jamais le vautour ne vous ôte la vie!

PHILIS.

Grandmerci, charmantes colombes, grandmerci! volez ici sur mes genoux, venez demeurer avec moi. Je vous
ramasserai dans les champs et dans les bois les meilleures

graines. Tandis que Damon me becquètera, vous pourrez aussi vous becqueter sur mes genoux.... Elles ne viennent point.... Elles s'envolent....

DAMON.

Ecoute, Philis, il me vient une idée. Amyntas chantait dernièrement le charme des baisers :

« Une boisson fraîche, disait-il, n'est pas la moitié
« aussi agréable aux moissonneurs fatigués que l'est un
« baiser à des amants. Le bruit qui l'accompagne est mille
« fois plus doux que ne l'est, lorsque l'ardeur du midi nous
« brûle, le murmure d'un ruisseau qui coule à l'ombre
« d'un bois épais. »

PHILIS.

Oui, certainement. Je parierais que ce sont là des baisers. Viens, nous allons le demander à Chloé. Mais auparavant racommode-moi ma guirlande ; car tu as dérangé tous mes cheveux.

NOTE DEUXIÈME.

Le soleil de la terre a fait deux fois le tour (2).

Quoiqu'il ne se rencontre pas un seul élève des éco-
les chrétiennes qui ne sache que la terre fait deux mouve-
ments: l'un de rotation sur elle-même, l'autre de révolu-
tion autour du soleil; que le premier s'opère dans un jour
et le second dans un an, je pense qu'on voudra bien par-
donner à ma bergère son ignorance astronomique, si l'on
veut bien se rappeler que pendant longtemps on a
cru que cette planète était immobile et que le soleil tour-
nait autour d'elle.

—

NOTE TROISIÈME.

Vois-tu ces tourelles (3) ?

Il m'a paru extraordinaire et peu naturel qu'une bergère, pour si préoccupée qu'elle puisse être, ne réponde

au moins quelques monosyllabes à ces demandes et questions multipliées de: vois-tu?.. regarde!.. écoute!.. etc., que lui adresse son amant.

—

NOTE QUATRIÈME.

Comment le trouves-tu ce chant (4) ?

Je n'ai jamais bien compris ce passage :
Oui certainement je parierais que ce sont là des baisers.

Il m'était donc difficile de le reproduire.

Si l'auteur a voulu faire dire à Philis : je parierais que c'est le charme des baisers qui a inspiré ces vers , il faut avouer que le traducteur a fort mal rendu sa pensée.

—

NOTE CINQUIÈME.

Ils n'eurent pas plutôt émis ce vœu d'usage (5).

Le dénouement, s'il y en a dans cette poésie, est d'un

bien faible intérêt pour le lecteur qui semble tout étonné de se trouver à la fin du sujet. En effet, quand on a fini l'idylle on ressent une impression fâcheuse, semblable à celle qu'éprouverait le touriste qui, après avoir parcouru une vallée toute pleine de parfums, d'ombrages, d'harmonies se trouverait au détour de la montagne en face d'un rocher escarpé, aride et désert, qui lui intercepterait sa marche et semblerait lui dire: voici ton *nec plus ultrà*. Tel est le motif qui m'a déterminé à dévier du chemin tracé par le modèle et à coller à l'original une fiction qui pût captiver l'esprit de ceux qui auront la patience de la lire.

NOTE SIXIÈME.

Sous ses traits on voyait le fils de Cythérée (6).

Dans les temps fabuleux on a fait un dieu de l'amour. Certains auteurs l'ont peint sous les traits d'un enfant lançant des flèches: d'autres, avec un bandeau sur les yeux. En le voyant dans le poëme sous une autre forme, on me blâmera peut-être d'avoir enfreint les lois mythologiques; mais je répondrai seulement pour cette licence que, puisque l'amour est un Dieu, je pouvais bien lui faire prendre le déguisement qui paraîtrait le plus convenable à cette fiction. Ne trouve-t-on pas dans Télémaque la déesse Minerve sous la figure de Mentor?

PHILIS ET CHLOÉ.

PHILIS ET CHLOÉ [1].

—◁●▷—

PHILIS.

Tu portes donc toujours ce panier à ton bras?

CHLOÉ.

Oui, ma chère Philis, je le porte sans cesse
Ce panier que pour deux troupeaux on n'aurait pas.

En disant, elle étreint, avec une caresse,
De quelque amour secret le charmant souvenir.

PHILIS.

Mais, pourquoi, ma Chloé, follement renchérir
Ce superbe panier? Veux-tu que je devine
D'où ce joli cadeau tire son origine ?
Ah ! comme tu rougis !... Serais-je au fait?...

CHLOÉ.

Comment?...
Je rougis, enfant; moi! je rougis....

PHILIS.

Joliment ;
Tu peux t'en assurer.
Sous ce ciel de verdure ,
Avec grâce serpente un ruisseau qui murmure;
Son cristal est si pur , qu'on dirait que les fleurs
Ne naissent sur ses bords que pour voir leurs couleurs.
Viens t'y mirer...

CHLOÉ.

Tu veux plaisanter, je suppose.

PHILIS.

Non; du tout.

CHLOÉ.

Allons donc !

PHILIS.

C'est la réalité :
Ton visage ressemble à la feuille de rose.

CHLOÉ.

Eh ! bien , tu vas savoir toute la vérité ;
Mais je ne voudrais pas pour le miel de l'Hymète (2)
Etre en butte aux effets d'une langue indiscrète ;
Ainsi...

PHILIS.

Tu peux compter sur ma discrétion.

CHLOÉ.

Puisque tu me promets de garder le silence ,
Je vais tout t'avouer , tout sans restriction :

Le plus beau des bergers , ma plus douce espérance ,

Le jeune Lycidas, en allant, l'autre jour,

Interroger l'oracle au temple de l'Amour,

A l'ombre d'un néflier, près d'une source claire,

Rencontra le chanteur Idas au bon conseil,

Idas aux cheveux blancs, que le hameau vénère,

Idas le généreux, qui n'a pas son pareil.

Après s'être adressé les questions d'usage

Sur la santé, le temps, la moisson, Lycidas

Instruisit le vieillard des motifs du voyage :

« Je m'en vais, lui dit-il, aux monts qui sont là-bas,

« Offrir à Cupidon ces blanches tourterelles,

« Afin que ma Chloé, la plus belle des belles,

« Me réserve son cœur ; car on dit dans le val

« Qu'il me faudra combattre un terrible rival. »

« — Mon ami, le chemin est de bien longue haleine,

« Lui répondit Idas ; mais si tu veux, mon fils,

« Tu peux te dispenser de t'en créer la peine,

« A la condition d'écouter mes avis.

« Tu ne sais pas, je vois, ce que c'est que l'absence :

« L'absence refroidit de bien forts sentiments ;

« D'elle naît quelquefois la froide indifférence,

« Quand on ne connaît pas de plus cruels tourments.

« Rentre donc au plus tôt dans ton humble chaumière,

« Chéris les immortels comme par le passé,

« Fais l'hospitalité, soulage la misère,

« Et tu t'en trouveras plus tard récompensé.

« Mais surtout veuille bien ne point perdre de vue

« Celle qui dans ton cœur est toujours bien venue.

« Entoure-la de soins, d'ivresse, de bonheur ;

« En présent donne-lui quelque riche houlette,

« Des rubans, un panier, ces oiseaux, une fleur,

« Bref, ce que tu croiras du goût de la pauvrette :

« Les plus petits cadeaux entretiennent l'amour. »

« — J'y pensais, répliqua Lycidas sans détour.

« Mais, dites-moi, le Dieu peut-il m'être propice,

« Si je ne le supplie, et ne m'impose pas,

« Autant qu'il est en moi, quelque grand sacrifice ?

« Des ingrats, vous savez, ils font bien peu de cas. »

« — Ami, les habitants des célestes demeures

« Ne nous jugent jamais que d'après notre cœur ;

« Et l'acte ne rend pas nos actions meilleures,

« Repartit aussitôt Idas avec douceur.

« Lorsque l'intention en nous est descendue,
« Reprit-il, si l'on vient à ne pas la remplir,
« Ne crois pas que, pour nous, un instant soit perdue
« L'affection de ceux qui voient dans l'avenir :
« Ils nous mettent toujours à l'abri de l'orage. »
Et Lycidas, trouvant le conseil bon et sage,
Retourna sur ses pas, pensif, le front baissé.
Le dessin d'un panier l'avait embarrassé ;
Car un panier n'est pas une œuvre bien facile ;
J'entends un panier fait supérieurement :
A recourber l'osier la main doit être habile ;
Il faut avoir du goût et du discernement
Pour imiter des jeux, des fleurs ou du feuillage,
Et pour bien faire il faut un long apprentissage.
A tout le monde encor cela n'est pas donné.
Eh ! bien, Philis, pourtant lui seul l'a façonné.

PHILIS.

Oui je l'ai vu, deux fois, près du lac, solitaire,
Deux fois y travailler dans le plus grand mystère.

CHLOÉ.

Vraiment !

PHILIS.

Mais oui, vraiment.

CHLOÉ.

Ah ! que j'aurais voulu
Etre à ta place ; va ! je t'en veux...

PHILIS.

La jalouse !..

CHLOÉ.

La discrète !..

PHILIS.

Tais-toi ; car c'est du superflu.
Allons nous reposer sur la verte pelouse
De ce riant coteau.

CHLOÉ.

Pour te faire plaisir
Il sera dit qu'encore il faudra t'obéir.

PHILIS.

Mais dans tout le vallon est-il une personne

Aussi charmante , aussi gracieuse , aussi bonne
Que toi , Chloé?

CHLOÉ.

Que moi !... Tu veux assurément
Pour ce propos flatteur quelque doux compliment ;
Mais tu n'en n'auras point.

PHILIS.

Oh ! Je te remercie
Pourvu que dans son cœur Daphnis seul m'apprécie
Ce sont là tous mes vœux.

Elle dit ; et , légères ,
Soudain vers le ruisseau s'envolent les bergères.

Sur ses bords , des tilleuls, d'aériens ormeaux ,
Des aliziers en fleurs , de verdoyants bouleaux,
Entrelaçant leurs bras surchargés de lianes ,
Y formaient dans leurs jeux de si fraîches cabanes ,
Que nul soleil, après le règne du printemps ,
Ne pouvait pénétrer de ses rayons brûlants.

Dans ces muets témoins de douces confidences,
d'étreintes, de baisers, de pures jouissances
Se trouvaient, élevés par la main des Amours,
Quelques bancs d'un gazon imitant le velours.

Là, quelquefois cachés par des plantes grimpantes,
Sur l'écorce des bois aux feuilles odorantes,
Etaient gravés des noms, des chiffres enlacés,
Ou des cœurs pleins de flamme et de flèches percés.
Et très-souvent parmi ces champêtres richesses,
Image de l'hymen, des plus vives tendresses,
De timides oiseaux on découvrait les nids,
Et les mères couvant du regard leurs petits.

— Dans un de ces réduits dont la brise volage
Se plait à soulever le verdoyant feuillage,
Après avoir cueilli deux énormes bouquets
De ces fleurs que l'on voit briller dans les bosquets,
Au chant du rossignol, que les échos répètent,
Sur un banc de gazon les bergères se jettent.

PHILIS.

Eh ! bien, Chloé, c'est là tout ce que tu devais
Me conter au sujet du panier ?

CHLOÉ.

Mais sans doute.

PHILIS.

Alors j'en sais plus long que toi.

CHLOÉ.

Que moi... J'en doute.

PHILIS.

Je vais te le prouver.

CHLOÉ.

Voyons....

PHILIS.

Si tu savais ,
Chloé , tous les discours et toutes les caresses
Que l'objet vénéré de ton brûlant amour
A fait secrètement au panier, l'autre jour !
Par la belle Vénus, la reine des déesses ,

Je crois que Corydon , au regard de travers ,
S'il en était instruit les traduirait en vers.

Avec vivacité.

Oh ! le joli cadeau !

CHLOÉ.

Vois , comme il est superbe !

PHILIS.

Magnifique !... Admirable !

CHLOÉ.

Il est plus frais que l'herbe
De ce pré que , le soir , en détournant ces eaux ,
Arrosent jusqu'au jour mille petits ruisseaux.

PHILIS.

Quel aimable berger !

CHLOÉ.

Vois avec quelle grâce
Les feuilles et les fleurs son talent entrelace.
Admire ce dessin , comme il est gracieux !
Comme chaque nuance est fondue et moelleuse !

94

PHILIS.

O ma chère Chloé! que tu dois être heureuse.

CHLOÉ.

Pense si ce panier doit m'être précieux !
Sans l'avoir à mon bras je ne peux pas, ma chère,
Pour un petit instant sortir de ma chaumière ;
Je ne le quitte pas. Lorsque j'y mets des fleurs,
Je leur trouve toujours de plus fraîches couleurs
Et de plus doux parfums. Les fruits, quand je les tire
De son intérieur, (cela dit entre nous)
Me paraissent toujours avoir de meilleurs goûts.
Enfin, ce beau présent m'a mis dans le délire !
Mais te dirais-je tout, Philis? de ce panier
Que de brûlants baisers ont recouvert l'osier !
Oui certes Lycidas que j'aime, que j'adore,
Est le plus bel enfant que je connaisse encore.

PHILIS.

Pour moi, je suis bien loin d'être de ton avis ;
Car, sans prévention aucune, mon Daphnis
Des bergers du village est le plus adorable.

Je sais que ton amant est aussi bien aimable ;
Mais il faut convenir que Daphnis , mon amour ,
Sur ton beau Lycidas l'emporte sans retour.
Ah! je voudrais , Chloé , que tu pusses l'entendre !
Quel son de voix flatteur!... Chloé , je veux t'apprendre
Les deux jolis couplets qu'il fit le mois dernier.

CHLOÉ.

Oui , mais que disait-il Lycidas au panier ?
Apprends-le moi ; tu sais que ce qu'il dit m'enchante.

PHILIS.

Je le sais; mais avant il faut que je te chante
Ces deux jolis couplets.

CHLOÉ.

Qu'il en soit fait ainsi.

Sont-ils longs?

PHILIS.

« Non... très-courts... écoute... les voici :

« Sur le penchant de la colline
« Quand le soleil

« Colore la blanche aubépine

« De son rayon rose ou vermeil,

« D'un suave plaisir tout mon être respire,

« O ma beauté !

« Mais lorsque je te vois sourire,

« Je crois mourir de volupté.

—

« Lorsque, rempli de douce joie,

« Le laboureur

« Porte dans sa grange qui ploie

« Les derniers fruits de son labeur,

« Je t'assure qu'il est bien moins heureux, ma chère,

« Moins fier que moi,

« Quand je regagne ma chaumière

« Avec un gage de ta foi.

Ainsi chantait Daphnis.

CHLOÉ.

Voilà ce qu'on appelle,

Sans trop exagérer, une chanson bien belle,

Mais que disait, enfin, Lycidas au panier ?
Apprends-le moi.

PHILIS.

J'en ris encor.

CHLOÉ.

C'est singulier.
Conte vite,

PHILIS.

Il était assis dans l'oseraie,
Celle qu'on entrevoit de notre pommeraie ;
Et, tandis qu'en pensée, il se battait les flancs
Pour unir les brins verts avec les bleus, les blancs,
Il disait...:.

CHLOÉ.

Tu veux donc, en gardant le silence,
Tyranniser mon cœur, lasser ma patience ?
Que ne poursuis-tu pas ?

PHILIS.

Il disait au panier :
« Qui veut te remplir donner, plein des fruits du sorbier,

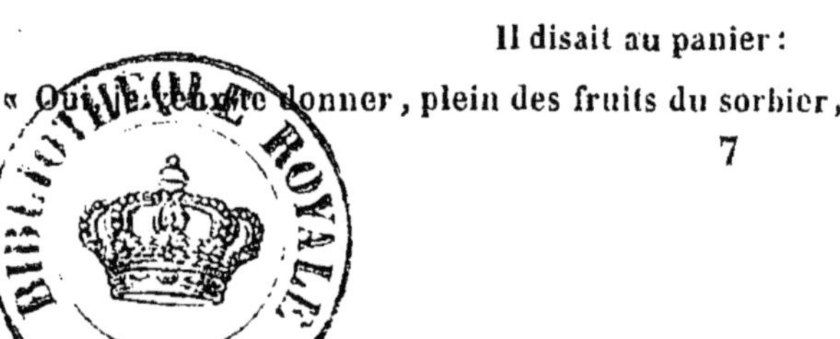

7

« A la belle Chloé, dont le charme respire

« Sur son front, dans ses yeux, dans son chaste sourire.

« Hier a fait huit jours , assez loin du hameau ,

« Elle allait devant moi conduisant son troupeau ,

« Lorsque je l'atteignis au bas de la colline.

« — Tiens! c'est toi, me dit–elle , avec sa voix divine,

« Et souriant d'un air ! — Ah! comme vivement ,

« De mon cœur je sentis soudain le battement !...

« J'étouffais de bonheur!... — Et vous, branches flexibles,

« Ne soyez pas , de grâce, à mes vœux insensibles ;

« Laissez–vous recourber sans peine', cette fois,

« Et ne vous brisez pas sous l'effort de mes doigts;

« Car vous serez parfois bien près de mon amante ,

« Des bergères la plus douce et la plus charmante !...

« — Ah ! si de vous Chloé faisait un peu de cas;

« Si je pouvais vous voir souvent pendre à son bras ,

« Que je serais content!... — O belle ! au port de reine ,

« Qui fais en ce moment mon bonheur et ma peine ,

« Ah! réponds à mes vœux!.. »

       C'est ainsi qu'il parlait,

Et son habile main toujours entrelaçait

Le bois vert et le bleu, le bois blanc et le rose ;
Puis il examinait, ou faisait une pause ;
Lorsqu'enfin le panier se trouvant achevé,
Ton charmant Lycidas s'est aussitôt levé,
Et s'est mis à sauter et s'est mis tant à rire,
Qu'on l'eût pris volontiers pour quelqu'un qui délire.

CHLOÉ.

Adieu, Philis, adieu ; je m'en vais sur le champ
Le bien remercier. Je sais qu'il est au champ ;
Car avant de venir j'ai vu dans la prairie
Ses timides agneaux broutant l'herbe fleurie.

PHILIS.

Comme tu vas, Chloé, le rendre bien heureux !

CHLOÉ.

Oui d'aller lui parler je ne peux me défendre ;
Car tout ce que tu viens à l'instant de m'apprendre
Vaut au moins vingt baisers.

Une voix.

Non pas vingt , mais bien deux,

Répartit, en sortant du plus épais feuillage,
Un berger, au grand front, au radieux visage.
Ce berger, dont Vénus avait guidé les pas ,
Etait l'ami des Dieux, le jeune Lycidas.

A son aspect soudain, que l'amour seul excuse ,
Philis fut effrayée et Chloé fut confuse ;
Mais cela dura peu. Notre aimable berger
Pour elles n'avait pas un regard étranger ;
Et dès que la Philis de sa peur fut remise,
Que la belle Chloé revint de sa surprise ,
Les bergères, prenant un air plein de courroux ,
Font mettre sans tarder l'indiscret à genoux.

Celui-ci se soumit connaissant leur cœur tendre ,
Et le pardon aussi ne se fit pas attendre ;
Car, un instant après, on entendit passer
A travers le vallon le doux bruit d'un baiser.

NOTES DE PHILIS ET CHLOÉ.

NOTES

DE

PHILIS ET CHLOÉ.

—

NOTE PREMIÈRE.

PHILIS ET CHLOÉ (1).

J'ai entièrement refondu cette poésie comme un sculp-
teur manipulerait de nouveau l'argile qui lui aurait servi
à mouler quelque gracieuse bergère, pour tâcher d'en
faire sortir une création aussi belle et aussi suave.

Les pensées de Gesner existent toujours dans mon travail, mais la physionomie de l'idylle n'est plus la même,
ainsi qu'on peut s'en convaincre en comparant le texte à
l'original.

PHILIS ET CHLOÉ.

PHILIS.

Chloé, je te vois toujours porter ce panier à ton bras.

CHLOÉ.

Oui, Philis, oui, je porte toujours à mon bras ce panier;
je ne le donnerais pas pour tout un troupeau; non, je ne
le donnerais pas. *(Et, en parlant ainsi, elle le pressait en
souriant contre son côté).*

PHILIS.

Et pourquoi donc, Chloé, pourquoi mets-tu ce panier à
si haut prix? Veux-tu que je devine?.... Oh! comme tu es
rouge! devinerai-je?

CHLOÉ.

Comment?.... Rouge!

PHILIS.

Oui vraiment. Te voilà comme si la lueur du soleil couchant donnait sur ton visage.

CHLOÉ.

Eh bien! Philis, je te dirai la vérité. Le jeune Amyntas, le plus beau des bergers m'en a fait présent; il l'a lui-même façonné. Vois avec quelle netteté, avec quelle grâce ces feuilles vertes et ces fleurs rouges s'entrelacent sur ce fond blanc! Aussi mon panier m'est-il bien précieux: partout où je vais, je l'ai à mon bras. Les fleurs me paraissent plus belles; elles exhalent une odeur plus suave quand je les porte dans mon panier: les fruits remplissent ma bouche d'une saveur plus douce quand je les ai pris dans mon panier. Philis.... Mais quoi.... dirai-je tout? J'ai.... j'ai déjà baisé mon panier bien des fois...... Certainement Amyntas est le plus aimable et le plus beau des bergers.

PHILIS.

Je l'ai vu y travailler. Si tu savais les discours qu'il adressait alors à ce panier! Mais Alexis, mon berger, n'est pas moins beau: je voudrais que tu l'entendisses chanter. Je veux te répéter le couplet qu'il m'apprit hier.

CHLOÉ.

Mais, Philis, qu'est-ce donc qu'a dit Amyntas au panier?

PHILIS.

Tout-à-l'heure : mais il faut auparavant que je te chante
ce couplet.

CHLOÉ.

Ha !.... Est-il long ?

PHILIS.

Écoute, le voici :

« Je suis gai quand les rayons du couchant colorent
« mon visage sur le penchant de cette colline. Je suis
« plus gai encore quand je te vois sourire. Le moisson-
« neur, lorsqu'il apporte la dernière gerbe dans sa grange
« déjà pleine, ne revient pas au village avec autant de
« joie que j'en ressens lorsque, après avoir reçu un baiser
« de toi, je retourne dans ma cabane. » Ainsi chantait
Alexis.

CHLOÉ.

Voilà une belle chanson ! Mais, Philis, qu'est-ce qu'A-
myntas disait au panier ?

PHILIS.

J'en ris encore. Il était assis dans l'oseraie, au bord de l'étang; et tandis que ses doigts arrangeaient artistement les brins verts avec les bruns et les blancs, en même temps...

CHLOÉ.

Eh bien! Pourquoi interrompre ton récit?

En même temps *(continua Philis en riant toujours)* il parlait et disait au panier : je veux te donner à Chloé, à la belle Chloé, dont le sourire a tant de charmes. Conduisant hier son troupeau devant moi : bonjour, Amyntas, me dit-elle, et elle souriait d'un air si doux, que le cœur me battait. Et vous, branchages de toutes couleurs, laissez-vous courber sans résistance, et ne vous rompez pas lorsque je vous entrelace; car vous serez placés au côté de la plus charmante des bergères, de Chloé. Oui, si Chloé fait quelque cas de ce panier. Oh ! Si elle en faisait cas ! Si elle le portait souvent à son côté !.... C'est ainsi qu'il parlait, et le panier se trouvant fini, il se leva tout-à-coup, et sauta de joie d'avoir si bien réussi.

CHLOÉ.

Ah! je pars. C'est derrière cette colline qu'il a conduit

son troupeau. Je passerai auprès de lui; je lui dirai : vois,
Amyntas, vois, j'ai à mon bras ton panier.

NOTE DEUXIÈME.

Mais je ne voudrais pas pour le miel de l'Hymète (2) :

Pour parvenir à l'invention , j'ai graduellement cherché
dans ces trois idylles à suivre un sentier différent de celui
de l'auteur. Ainsi la première, sauf quelques additions, est
en tout point semblable à celle de Gesner; la seconde dif-
fère de son modèle par le dénouement, et celle-ci n'aurait
pour ainsi dire presque pas eu de ressemblance avec le
travail du poëte allemand , si j'eusse changé le nom de ses
héros.

ERRATA.

Page 21. Tu sais que ses rameaux en sont grands et touffus,
Lisez: Tu sais que ses rameaux sont grands et bien touffus.

Page 23. Comme le frais bluet, comme la campanelle,
Lisez: Comme le frais bluet et la blonde immortelle.

Pages 32 et 33. Mais écoute.

ÉGLÉ.

Mais qu'est-ce donc ?

Lisez : Mais...,....

ÉGLÉ.

Qu'est-ce donc ?

Page 42. Brises , ruisseaux, tout soupire, tout y chante,
Lisez: Brises, ruisseaux, tout y soupire, tout y chante.

Page 56. Tu n'as que trop raison , ô chéri de mon cœur!
Lisez : Tu n'as que trop raison , idole de mon cœur !

Page 60. Le terre au pauvre naufragé,

Lisez : La terre, etc.....

Page 91. De timides oiseaux on découvrait les nids ,

Lisez : Des timides oiseaux on découvrait les nids.

TABLE DES MATIÈRES.

9 782019 262228